Dagmar Geisler

Kleine Hexengeschichten

arsEdition

Wo ist der Hexenhut?

Hexe Flora ist sauer.
Ihr Hexenhut ist weg.
Gestern war der Hut noch da.
Heute ist er weg.

Flora sucht
unter dem Bett
und hinter der Tür.
Sie sucht in der Speisekammer
und auf dem Klo.
Nirgends ist der Hut zu finden.

Sie fragt Max, den Raben:
„Hast du meinen Hut versteckt?"
„Wieso ich?", krächzt Max.
„Was soll ich mit deinem Hut?"

„Weiß ich auch nicht",
brummt Flora.
„Dann hilf mir wenigstens suchen."

Flora sucht in der Küche.
Max sucht
auf der Gardinenstange.
Flora sucht im Regal.
Max sucht auf dem Schrank.

„Zu dumm“, schimpft Flora.
„Ohne meinen Hut
kann ich nicht
aus dem Haus gehen.“

„Nimm ein Kopftuch“, sagt Max.
„Vielleicht das
mit dem Schneckenmuster.
Oder das giftgrüne
mit den Regenwürmern.“

Flora ist genervt.
Kopftücher kann sie
nicht ausstehen.
„Niemals binde ich
ein Kopftuch um.“

„Ohne etwas auf dem Kopf
kannst du nicht hexen“, sagt Max.
„Ich will meinen Hut!“, schreit Flora.

Sie rennt nach draußen.
Und bleibt verdutzt stehen.
Sie traut ihren Augen nicht.

„Hallo, Flora!“, ruft Susi Rabe.
„Willst du dir
unsere Kinder ansehen?
Sie sind heute Nacht geschlüpft.“

„Gestern Abend war ein Unwetter.
Es hat das ganze Nest zerfetzt.
Und darum mussten wir kurz
deinen Hut ausleihen“,
sagt Max verschämt.

„Oh!“ Flora grinst.
„Dann muss ich eine Weile
doch ein Kopftuch tragen.
Vielleicht das
mit dem frechen Rabenmuster.“

Die Hexenprüfung

Hexe Flora trödelt gern.
Sie möchte pünktlich sein,
aber irgendetwas
lenkt sie immer ab.

Heute ist Hexenprüfung.
Da muss sie pünktlich sein.

Rabe Max verabschiedet sich
an der Tür.
Er sagt: „Trödle nicht wieder.
Denk an die Oberhexe.“
„Ja, ja“, sagt Flora
und schnappt sich
ihren Zauberstab.

Die Hexenprüfung
muss sie bestehen.
Dann bekommt sie endlich
ihren Hexenbesen.
Das wird toll.

Da sieht sie am Weg
etwas liegen.
Schuhe mit Rädern,
wie interessant.

Die muss sie natürlich
schnell ausprobieren.
Die Schuhe passen sogar.

Die ersten Schritte
sind etwas wacklig.
Doch dann kommen die Schuhe
in Fahrt. Schön!

Aber vielleicht
ein bisschen schnell.
„Halt!“, schreit Flora.

Sie saust rasend schnell
auf die Stadt zu.
Wie bremst man die Dinger bloß?
„Aus dem Weg!“, brüllt Flora.
Leute springen zur Seite.

Das Haus kann nicht wegspringen.
Flora hext ihm einen
schönen Torbogen
und braust hindurch.

Die Straßenbahn hält
mitten auf der Kreuzung.
Hexifexifax!
Schon schwebt sie
als Zeppelin
über der Stadt.

Oh nein, der Wochenmarkt.
Ausgerechnet heute!

Flora rammt die Blumenfrau.
Sie streift den Mann
mit den Luftballons.
Sie rollt über frische Landeier.

Da steht der Stand
von Metzger Meier.
Immer schneller rast
Flora darauf zu.
Was tun?

Im letzten Moment
hext sie den ganzen Markt
auf das Rathausdach.
Schön leer ist der Platz jetzt.

Erleichtert dreht Flora
sich noch einmal um,
stolpert und fliegt
in hohem Bogen
in den Fluss.

Platsch!
Da fällt ihr die Hexenprüfung
wieder ein.
Jetzt kommt sie zu spät.
Was wird die Oberhexe sagen?

Ängstlich macht sich
Flora auf den Weg.
Oben am Berg wird sie
schon erwartet.
„Du bist wieder mal unpünktlich“,
sagt die Oberhexe streng.

„Aber die Hexenprüfung
hast du bestanden.
Wir haben
alles gesehen.
Das hast du
toll gemacht.“

Flora bekommt einen
nagelneuen Hexenbesen.
Dann feiert sie
mit den anderen
bis tief in die Nacht
ein wildes Hexenfest.

Das Hexenbad

„Es ist mal wieder so weit“,
sagt Max, der Rabe.
„Hm“, brummt Flora.
Sie liest gerade
die Hexenzeitung
und hört gar nicht zu.

„Es ist mal wieder so weit“,
sagt Max etwas lauter.
„Wovon redest du?“,
fragt Flora.
Max erklärt, dass es Zeit
für die Badewanne ist.

„Oh, nein!“, schreit Flora.
„Oh, doch!“, sagt Max.

Flora mag nicht baden.
Sie findet sich hexensauber.

Die Zehen sind schön schwarz.
Die Fingernägel haben
einen tollen, grünen Hexenrand.
Die Knie sind so grau,
wie sie sein sollen.
Und der Schmutz
in den Ohren
knistert so schön,
besonders
beim Einschlafen.

Sie mault:
„Ich habe vor zehn Jahren
erst gebadet."
„Vor genau zwanzig Jahren
und drei Monaten", sagt Max.

Flora sucht neue Ausreden.
In der Badewanne
wohnt Familie Goldfisch.

Max hat sie schon
in den Teich gebracht.

Flora hat
keinen Hexenschaum mehr.
Max weiß, wo das Rezept ist.

Max hilft rühren,
bis alles schön schäumt.
Er dreht den Wasserhahn auf.

Flora zieht sich aus.
„Aber ohne Haare waschen“,
knurrt sie.

Sie hält den dicken Zeh
ins Wasser.
„Warum badest du
eigentlich nicht, Max?“

„Ich bin doch keine Ente!“,
kräht Max empört.
„Ich etwa?“,
fragt Flora.

Dann liegt sie endlich
in der Wanne.
Das Wasser blubbert.
Max ist ganz erschöpft.

„Herrlich!“, seufzt Flora.
„Ich könnte bis Ostern
drin bleiben.“

„Immer dasselbe!“,
krächzt Max.

Der Geburtstag

Flora sitzt am Küchentisch.
Sie übt hexen.
Sie will alte Hüte
in Hexentorte
verwandeln.

Das ist schwierig.
Zuerst werden
aus den Hüten
harte Semmeln
und dann Spinat mit Spiegelei. Brrr!

Max sitzt
auf der Gardinenstange
und krächzt aus vollem Hals.

„Kannst du nicht leiser singen?“,
fragt Flora.
Max krächzt weiter.

Flora verhext die Hüte
in welke Salatköpfe.
„Du nervst!“,
knurrt sie.
Max krächzt weiter.

„Jetzt halt endlich
mal den Schnabel,
du Schreihals!“,
schreit Flora.
„Hast du etwa
Schreihals gesagt?“,
fragt Max wütend.

„Genau“, brüllt Flora.
„Schrecklicher Schreihals!“

„Du verstehst
überhaupt nichts
von Musik!“,
krächzt Max.

Beleidigt flattert er
auf und davon.

Jetzt ist es ruhig
in der Küche.
Flora will Hexentorte hexen.
Aber sie denkt an Max.
Aus den Hüten
werden Kürbisse.

Flora seufzt.
Wo ist Max bloß hingeflogen?

Am Abend ist Max
immer noch nicht zurück.
Und die Hüte sind
immer noch Hüte.

„Morgen ist mein Geburtstag“,
denkt Flora traurig.
„Aber ohne Max
und ohne Torte
bleibe ich lieber im Bett.“

Auch am Morgen ist Max
nirgends zu sehen.
Flora zieht sich die Decke
über den Kopf.

Da hört sie Stimmen im Garten.
Sie schlurft zur Tür.

Draußen stehen
die anderen Hexen.
Sie tragen eine große Hexentorte.

„Hast du nicht heute Geburtstag?“,
fragt die Moorhexe.

„Stimmt“, sagt Flora.
„Aber habt ihr Max gesehen?
Seit gestern ist er verschwunden!“

Doch niemand hat
den Raben gesehen.
Und ohne Max schmeckt
die beste Torte nicht.

Auf einmal krächzt es
oben im Baum.
Da sitzt Max
mit einem ganzen Raben-Orchester.

„Zum Geburtstag viel Glück“
singt er. Und:
„Ich küsse Ihre Hand, Madame.“

„Schaurig-schön!“,
grummelt die Wurzelhexe.
Da singt Max als Zugabe:
„Ein Freund, ein guter Freund ...“

„Oh, Max!“, jubelt Flora.
„Ich sage auch nie mehr
Schreihals zu dir.“
Max grinst.